조재완 시집
가을에 떠난 그대

국립중앙도서관 출판시도서목록(CIP)

가을에 떠난 그대 : 조재완 시집 / 지은이: 조재완. – 서울 : 지
구문학, 2016
    p. ;   cm

ISBN 978-89-89240-47-1 03810 : ₩9000

한국 현대시[韓國現代詩]

811.7-KDC6
895.715-DDC23   CIP2016017250

조재완 시집

가을에 떠난 그대

지구문학

첫 시집을 내면서

아직 삼복도 멀었는데 날은 삼복을 쩜 쪄 먹을 듯이 덥습니다.

초등학교 때 교과서에서 시를 접한 뒤로 시라는 것이 내 가슴에 들어와 똬리를 튼 이래 늘 내 가슴엔 시가 매우 뜨겁게 끓고 있었습니다.

그러나 가슴 속에 박힌 채 끓고만 있었을 뿐, 시는 시가 되어 밖으로 나오지 못하고 있었습니다. 그러다가 비등점에 이르러 간간이 밖으로 분출되었던 시들이 한 편, 두 편 쌓이다 보니 어느덧 시집 한 권 엮어낼 정도가 되었습니다.

시대는 스마트 폰이다, SNS다 해서 책과의 거리가 점점 멀어지고 있는 게 사실이지만, 그럼에도 불구하고 공원이나 지하철, 그리고 버스에서 손에 예쁜 시집 한 권 펴 들고 다소곳이 눈길을 주고 있는 사람들을 볼 때면 얼마나 신선한 느낌이 전해져 오는지 모릅니다.

현대를 살아가노라면 알게 모르게 삶의 찌꺼기들이 쌓이게 마련이고, 그 찌꺼기들은 24시 찜질방에서도, 불 한증막에서도, 고급 사우나에서도 결코 털어 버릴 수가 없습니다. 오직 아름다운 시 한 편, 또는 아름다운 수필이나 멋진 소설 한 권을 읽고 나서야 비로소 털어 버릴 수 있는 성질의

것이 아닐까요?

　여기 그러한 것을 찾는 분들에게 조그마한 도움이라도 될까 싶어 그동안 분출되어 쌓여진 시편들을 모아 한 권의 책으로 엮어 감히 독자 여러분께 내어놓게는 되었으나, 과연 얼마나 기대에 부응할 수 있을지는 미지수일 수밖에 없습니다.

　아무쪼록 이 시집 한 권이 독자 여러분께 삼복더위 속에 마시는 시원한 청량제가 되기를 소원해 봅니다.

　끝으로 이 시집을 펴내게 되기까지 저를 지켜 주시고 양지로 인도하여 주신 하나님께 깊은 감사의 기도를 올립니다. 또한 이 책을 펴내는 데에 도움을 주신 지구문학사 발행인이신 김시원 선생님, 여러모로 바쁘신 가운데에도 귀한 평설을 써 주신 이수화 선생님, 늘 격려의 박수를 보내 주신 문학평론가 신현철 선생님, 그리고 오래도록 참음과 사랑으로 격려해 준 사랑하는 아내와 가족들, 그 밖에 음으로 양으로 많은 도움을 주신 분들께 이 지면을 빌어 깊은 감사의 인사를 올려 드리며, 독자 여러분의 건승을 빕니다.

　감사합니다.

2016년 6월

어느 더운 날에 **조 재 완**

차례

1부 잠 못 드는 별

2부 대천에 꽃 핀 우정

차례

3^부 바람인 것을

4부 옥수수를 벗기며

차례

5 부 선자령의 바람

제1부

잠 못 드는 별

포도

팔월의 하늘이
빗장 없는 문을 열어
뜨거운 입김 내리쏟으면
머언먼 내 고장 월산에도
탱탱하게 가슴 부푼 알알이
포도는 검붉게 익어 갔느니

꽃다이 벙글던 스무 살
그 애와 나랑은
붉어진 포도보다 더 후끈
검붉게 달아달아
영그는 포도송이 송이 따라
우리 사랑도 알알이 익어 갔느니

능소화

옛날 옛날 한 옛날에 임금 한 번 모신 후에
잊혀져 한 맺힌 세월 눈물로 지새다가
한 송이 꽃으로 환생한 연주황색 능소화야

아슴해진 용포자락 서마 다시 못 보오며
그린 님 발자욱소리 행여 어찌 놓치올까
저 높은 담 타고 올라 긴 귀 쫑긋 세우느냐

진종일 태우던 속 마음 따라 몸도 지쳐
힘 빠진 몸 둘 곳 없어 가지 그만 떠나서도
밤 지난 새벽이면 새 꽃 되어 다시 피네

잠 못 드는 별

어스름 새벽 남동 하늘에
홀로 깜빡이는 별 하나
뭇별 모두 자러 갔는데
어이타 홀로 잠 못 드는가

집에 남겨진 처자식
고향에 두고 온 부모 형제
그리워 사무쳐 잠 못 드는가

한 푼 더 벌어 생활비 하랴
두 푼 더 벌어 학비 보태랴
서 푼 더 벌어 부모 봉양하랴
아직도 일터에서 일손 못 놓나

그 옛날 이 땅의 부모들이
그 옛날 고향의 내 어머니가
저 안에 어른거린다

적선積善

가고 오지 못하는 게 세월이랬지
오늘 보는 강물은 어제의 것 아니듯
흘러버린 세월은 되돌릴 수 없는 법
길어야 한 백년을 다 못 사는 이 세상
한 번 가면 다시 못 올 우리네 인생길
아옹다옹하지 말고 적선하며 사세나 들
적선하며 사세나 들…

첫사랑의 재회再會

그냥 네가 좋았어
왜 그런지 나는 몰랐어
가슴은 콩닥거리고
얼굴은 후끈거렸어
너의 앞에만 서면
나는 두 눈 둘 곳 몰라
먼 하늘 나는 새만 좇았어
왜 그런지 나는 몰랐어

머나먼 세월의 강을 건너
어여쁜 두 딸의 엄마로
아직 먼 산 바라기
내 앞에 네가 섰을 때
그제서야 난
먼 여행에서 돌아와
엄마 품에 안긴 아이마냥
마냥 좋았어
왜 그런지 나도 몰라
그냥 네가 좋아서

프레스토

1989년에 태어나
추운 1월 어느 날
훤칠한 이마 빛내며
내게 온 너

바쁜 내 삶에 다리가 되고
번잡한 머리 맑히는 청량제로
강산이 바뀌고도 삼년이나 더
내 곁에 있던 너

갈고 닦고 조여도
세월이 앗아간 젊음 되돌릴 수 없어
한 방울 눈물로
이별하던 너

불현 떠오르는 나의
첫사랑

친정어머니

설친 새벽 잠 밀어낸 그녀 눈 비비며
신발 대강 주워 신고 시장 찾아 내닫는다

무랑 대파랑 쪽파에 까나리 액젓이랑
미나리랑 깻잎이랑 오징어포에 오징어 젓갈이랑
조금만 더 조금이라도 더
등에 지고 두 손 빠지게 들고 집에 와서는
아침은 드는 둥 마는 둥

무 씻어 깍두기 썰고
대파에 쪽파 씻고 송송 썰어
커다란 함지박에 가득 가득 부어 넣어
고춧가루 바알갛게 골고루 뿌려 넣고
다진 마늘 요만큼씩 듬뿍 듬뿍 잊지 않고
비비고 뒤집고 버무리고
까나리 부어가며 간 보다가
싱겁다며 더 붓다 짜다며 설탕 붓다
손가락에 국물 찍어 남편 입에 밀어 넣고

어서 어서 간 보시오 짜가운가 싱거운가
되었네 한 마디에 허리 한 번 그제서야 펴 보는가
싶더니
이내 미나리 깻잎 씻어 끓는 물에 데쳐 내어
요술 손에 뚜욱따악 서너 반찬 맹글어 놓고
비닐이랑 종이상자 용케도 구해다가
요 구석 조 구석 빈틈없이 채우고도
멸치일랑 더 넣을까 김일랑 더 채울까
작아진 상자 속에 보댔다가 빼었다가
기왕지사 구해올 때 조금만 더 컸더라면
부지런히 채워 덮고 테이프로 봉하고선
나고야꺼정 가노라면 다 시어 어찌하누
시기 전에 먹으려면 어서 가서 부치라고
미적이는 남편 등 떠밀며 조바심치는
조바심치는 그녀 이름은

친정어머니

백일홍

못난 이 몸 살리려고 사지死地로 가셨나요
백일 간만 백일 간만 기다리라 하셨나요
천일이면 어떤가요 만일이면 어떤가요
부디 나 살았다는 흰 돛으로만 오시어요

오시네요 오시네요 그리운 님 오시네요
아 아 저런 아 아 저런 돛 색깔이 무언가요
우리 님 가셨다는 붉은 돛이 무언가요
나도 따라 임의 곁에 이제 그만 가옵니다

임인가요 임인가요 꿈에 그린 임인가요
우리 님은 살아오고 나는 그만 죽었나요
꽃으로나 다시 살아 우리 님 보고 지고
보고 지고 보고 지고 석 달 열흘 보고 지고

교황 프란치스코

입가엔 늘 온화한 미소
낮은 데로 낮은 데로
더 낮은 데로 임하여
상처 받은 자 병든 자 소외된 자
어루만지며
어린아이 볼에 입 맞추고
입에 손가락 넣어 주고

남북이 흉금 터
하나 되게 소통하라시고
형제를 용서하되
일흔일곱 번을 용서하라시던
이천년 된 그 말씀
그리워 그리워 오늘도
이천년 전 그때처럼
구름 군중들
마치
예수님 다시 뵈온 듯

가을에 떠난 그대

중랑천 새벽바람이 싱그러이
두 뺨을 스칩니다

맑게 개인 푸른 하늘에는
새털구름 사이로 하얀 반달이 떠 있습니다

잔잔히 흐르는 중랑천 물속에도
억새꽃을 품은 가을이 하늘거립니다

그대 가꾸던 호박꽃은 화사하게
지금도 저렇게 피어 있는데

우거진 잡풀은 호박넝쿨 사이에서
솎아줄 그대 손길 기다리는데

호미 놓은 빈손으로 이 가을에
훌훌 털고 먼 길 가신 그대여

중랑천 물 언덕에 피어난 노오란 호박꽃잎에나
물에 잠긴 새하얀 새털구름 사이에나
청초히도 피어 있는 청보라색 나팔꽃에나
아니면 시원스레 벋어나간 자전거 길 따라
끝 간 데 없이 피어서 웃음 짓는 코스모스 꽃잎에나
그대 그렇게 숨어 있나요
숨어서 날 보시나요

바라건대는 예전처럼 캄캄한 밤
꿈길 밟아서라도 한 번쯤
화사한 꽃 웃음으로 찾아오소서

굴비 한 마리

어릴 적 할아버지 제삿날 밤
아버지 어머니 작은아버지 큰고모 작은고모
당숙 당숙모 재당숙 재당숙모
사촌형 육촌형 팔촌형 형님 누나 형수 들 들 들
시끌 그득 모여선 제사 지내고
음복 속에 맛난 음식 죄다 바닥난다
간만에 구경한 굴비도 간 데 없다

자고 난 아침 밥상 굴비 한 마리 놀놀히
하얀 접시 위에 누워 있다
아이들 생각에 어머니 용케도 감추셨나
입가에 빙긋 웃음기 도는 듯 마는 듯 아버지
어두일미라며 머리만 쪽쪽 하다 나가시고
남긴 굴비 살 찢어 우리 입에 넣으신
어머니는 김칫국이 맛있다셨지

오늘 아침 밥상 아내와 아이들과
굴비 한 마리
어두일미라며 머리만 쪽쪽 하고
나는 일어선다

그 바람

그런 바람 없었네
귓불 간질이며 살랑대던

언제 한 번 그 바람
다시금 내게로 불어와 줄까

기다리고 기다려도 그 바람
다시 불지 않는데

세월 무심히 흘러
찬바람 빈 가슴 후빌 때

어디선가 다시 그 바람
왔다가는 홀연 사라져

멍 뚫린 가슴 가득
그리움만 흐르네

어이할거나

이렇게 원통할 데가
수학여행이 뭐길래
미처 다 피지도 못한 채 돌아오지 않는
그 많은 아이들이 세월호에서
세월을 앗기다니

아이들아
돌아오지 않는 수많은 생명들아
어쩌자고 몸은 아니 오고
사랑한다는 문자로만 오느냐
오천만 남은 가슴
미어지고 또 미어진다

그 많은 날들
하루같이 이어지는 공부 굴레에서
며칠이라도
단 며칠만이라도 해방되고자
밤잠마저 설쳤을

아이들, 그리고, 그리고…

나라에서 제일 크다는 여객선에서
이토록 어이없는 일이 벌어지다니
너희 앞에 오천만은 그만
쳐들 얼굴조차 없구나

어이할거나
돌아오지 않는 이 많은 생명들을
어이할거나
말도 못할 후진병後進病의
엄청난 이 수치를, 이 분노를, 이 허탈을
우린, 우린 어이할거나

꽃들이여

– 세월호 침몰사건 1주기에 부쳐

아,
다시 떠올리기도 두려운
2014년 4월 16일 아침
온 누리 평온하던 이 땅에
웬 청천벽력이었던가
웬 날벼락이었던가

대한민국에서도 제일 크다던
그래서 안전하다던
바로 그 배가
그리도 어이 없이 뒤집혀 버리다니
장차 이 나라를 지고 갈 꽃다운 젊음들이
그리도 속절없이 져 버릴 수 있다니

개나리 진달래 목련이
싱그런 봄바람에 다투어 피듯
삶의 봄바람 어영차 타고
향그럽게 피어나던 꽃들이여

그 꽃 다 피기도 전
때 아닌 비바람에
허망하게 날려가 버린
개나리 진달래 목련들이여
삼백네 송이 꽃들이여

그대들 날려 간 그곳에는
부디 부디나
돈이 주인 노릇 못하는 세상
권력이 국민을 받드는 세상
나보다 남을 먼저 챙기는 세상
그리하여 진정으로
사고라는 단어가 없어져 버리고
평안이라는 단어만이
행복이라는 단어만이
그 땅에 오롯이 주인 되는
그런 나라이게 하소서
그런 세상이게 하소서

김장

배추 무 대파 쪽파 송송송 썰어 넣고
마늘 생강 고춧가루 멸치액젓 듬뿍듬뿍 뿌려 넣어
새파란 배춧잎에 새빨간 양념속이
오물오물 조물조물 맛깔나게 버무려져
일 년 웃음 항아리에 차곡차곡 채워진다

정규직과 비정규직 무상보육 증세논쟁
청년실업 노인복지 커만 가는 빈부격차
남과 북의 크고 작은 이런 문제 저런 문제
말도 많고 탈도 많은 온갖 걱정 한 데 모아
오물오물 조물조물 맛깔나게 버무려서
통일한국 김치 통에 넘치도록 채웠으면

제 2 부

대천에 꽃 핀 우정

딸의 결혼식

구름 같은 하객 사이로
백합 같은 딸애의 오른손을
놓칠세라 굳게 잡은
떨리는 나의 왼손

마중한 사위 손을 잡고
잘 부탁하네
겨우 한 마디
목젖까지 차오는 울음

태어나서 이 날까지
정붙인 세월의 두께만큼
곁의 아내 어깨도
말없이 들썩이고…

사랑한다 내 딸아
부디 행복하여라
수 없이 되뇌이는
내 두 눈에도 고이는 이슬…

물꿈

물꿈 꾼 날은
뭔가 좋은 일 있었지

어젯밤엔 강에서
시원하게 헤엄을 쳤으니
오늘 무슨 좋은 일 있을까

큰돈이 들어올까
남북이 통일될까
상상만으로도 즐거운데

그러면 그렇지
낮에 귀한 분 찾아와
점심을 사더니
밤엔 또 한 분이
저녁을 사네

가끔 말고 꿈마다
물에 빠지고 싶어라

외손주 이름 짓기

오늘은 외손주가 태어나려나
예정일을 넘기고도 아직 이 녀석
나올 생각은 않고
십오 분마다 제 어미
배만 아프게 한다는데
난생 처음 할애비 될 나는
아기 이름 궁리에만 바쁘다

성이 김씨이니 여기에 어울릴
어디 예쁜 이름 없을까
제 어미에게처럼
순 한글로 지어 줄까나 한문으로 지을까나
사랑이 이슬이 아름이로 지을까
수지 수진이 진아가 좋을까
아니면
때마침 한창인 동계 올림픽에서
두 번 연속 금메달이 유력하다는
연아로 할까

십오 분마다 딸애는
산통에 괴로운데
생뚱맞게도 나는
작명 통에 즐겁다
마는 이러다가 덜컥
아들이나 낳아 버리면?

천사

만약에 천사가 있다면
저와 같을까

시름이라곤 도무지 찾을 수 없는
편안한 얼굴

손대면 사르르
녹아 버릴 것 같은
보드란 살결

살아 있는 인형처럼 옴지락거리는
조그맣고 앙증맞은
손과 발

무슨 꿈을 꾸는지
자면서 살며시
웃기도 하고

가끔 의젓이 방귀도 뀌는
팔십일 난 시은이
나의 외손주

만남과 이별

- 남북이산가족 상봉을 보고

몇 겁을 돌고 돌아 맺어졌을까
부부로, 자식으로, 형제자매로
맺어진 질긴 인연 그리도 특별하건만
남과 북이 멀면 얼마나 멀다고
지구촌이란 이름에도 걸맞지 않게
그 많은 세월을 그리고만 있어야 했나

다행히도 요행히도
하늘에 별 따기로 다시 만나서
손 잡고 몸 잡고 얼굴 부비고
그 많던 할 말 모두 잃은 채
평생 울던 울음보다 더 많이 우는 그대여

아무리 울고 또 울어도
어디에 나올 울음 그리 많던고
차마도 닦지 못해 흐르는 눈물에 섞여
겨우 터져 나온 오직 한 마디
미안해, 미안해
내가 죄인이야, 내가 죄가 많아

하늘은 높아서 저리 푸르고
산하는 노랗게 발갛게 단풍 드는데
우리도 이제는 함께 살아요
노랗게 발갛게 함께 늙어요

꿈같은 사흘은 번개 따라 가버리고
언제 또 보리라고 기약 없는 이별인가
이제 가면 언제 보나 원통해서 못 가겠네
가슴 깊은 저 곳에서 터져 오는 통곡이여
이리도 허무하게 다시 할 이별이면
애당초 눈 딱 감고 만나지나 말 것을

떨어지지 않는 손 떼어지지 않는 발걸음 편에
오래오래 건강하게 만수무강 하옵소서
머지않아 통일 되어 우리 다시 만나는 날
그 때는 이별 없이 웃으며 살아 봐요
기뻐 우는 울음이야 언제까지 울지라도
얼싸 안고 우는 울음 언제까지 울지라도

사랑초

불그레 검은 잎이
고사리 하얀 꽃이
실줄기 끝에서 하늘하늘

깜빡 며칠
햇님 구경 못 시키고
바람 듬뿍 못 쏘이고
물 한 모금 못 주며는
실줄기 통째로 흐물흐물

마음 황급하여 부랴부랴
빛과 바람 물 마시우면
언제였나 다시금 한들한들

밤이면 가지런히
잎과 꽃 여미어
다소곳 잠이 들고
아침이면 사랑 먹고 피어나는

사랑초 사랑꽃

나는 누구에게 사랑 주어
사랑 꽃 피게 하나
나는 누구에게 사랑 받아
사랑 꽃 피워 내나

돌잡이

작년에 태어나
세상 구경한 지
한 돌이 되었다고

친가 어른 외가 어른
대소가 어른 한 데 모여
돌잡이 상 차려 놓고
색동옷에 고깔모 쓴 돌아기
돌잡이에 나섰네

붓을 잡으려나 죽간을 잡으려나
청진기를 잡으려나 사임당*을 잡으려나
관심 없는 주인공에 어른들만 조마조마

드디어 집어든 게 사임당과 죽간이라
돈도 벌고 학자도 될 거라며
제 각각의 뜻풀이에 손뼉 치며 크게 웃네

*사임당 : 오만원권 지폐

대천에 꽃 핀 우정

저녁노을 아름다운 대천 해변에
깨벗 친구 네 친구 쌍쌍이 모여
펄펄 뛰는 주꾸미 한 접시에
시원한 소주 한 잔 넘치게 부어 들고
위하여 위하여 쨍그랑 쨍그랑
여기 저기 우정 부딪는 소리

청아한 그 소리에 속 한 번 짜릿한데
개나리꽃 진달래꽃 목련에 살구까지
때맞춰 활짝 피어 꽃향기도 그윽하고
하늘엔 별이 반짝 바다엔 흰 물보라
친구들 얼굴에는 웃음꽃이 넘실넘실

아이스크림

밝은 햇살 아래 빛나는 머리
초롱 초롱 초롱한 까아만 두 눈
발그레 피어나는 복사 빛 두 볼
그 가운데 살짝 붙은 풋딸기 코
딸기 아래 잘 익은 앵두 빛 입술

아장아장 걸을 때면
영락없는 병아리
까르르르 웃을 때면
온갖 시름 달아나네

쌓은 덕이 하 모자라
백두 천지도 못 봤건만
어디서 이런 천사
하나님은 보내셨나

바람 불면 꺼질까 손대면 터질까
보기만 해도 사르르르

녹아 버릴 것 같은
돌 지난 시은이
나의 외손주

단체사진

지난 오월 햇볕 쨍하게 좋은 날 무등산에서
철쭉 붉은 꽃 흐드러져 이쁜 꽃
눈에 넣고 모자라 우리 모여 찍었던 단체사진 속
초롱한 눈들이 나를 보고 웃는다

뒷줄 오른쪽 선글라스 멋쟁이는 숙자구나
그 곁에 뺨 가린 빨간 모자에 민소매 아가씨는 영례
가운데 저 녀석은 원양선 관두고 근해선 탄다는 상육이
멋진 청모자에 웃고 있는 저 얼굴은
대박 날 사업 꿈에 가슴 부푼 진희
앞줄에 수건 목에 걸치고 쭈그린 까만 모자 아저씨는
다 떠난 고향 논 묵묵히 지키는 상표고
O.K 목장의 결투에나 나올 법한 멋쟁이
카우보이 모자 쓰고 폼 잡고 앉은 놈은
친구 일이라면 사족 못 쓰고 챙겨 주는 상요고
짤막한 등산 장갑에 턱 괴고 웃는 저 친구는
뇌세포 말라 들어 중심 흩어진다는 신우고
바로 옆 분홍T에 하얀 팔 토시하고 배싯 웃는 저 얼굴은

등산은 꼴찌여도 참석 하나는 일등인 연숙이
앞줄 맨 오른쪽 쭈그리고 앉은 저 흰 T 아저씨는
산행 때면 으레 돼지 삼겹살에
시큼털털한 홍어하고 갓 담아 맛깔 나는 김치까지
삼합안주 안 빼 먹는 우리의 산악회장 변우 친구지

까까머리 단발머리 머스매 가시내들 어느새
얼굴에 내 천川자 그리고도 속없이 저렇게
웃고들 있네

장대비 2

투두둑 툭 툭
창문 두드리는 소리에 그만 놀라
누구 왔나 창밖을 내다보니
고향집 뒤껻 대밭에 선
이년생 왕대보다 더 굵은
빗줄기가 그만 창문을 뚫고
들이칠 기세였는데요

마침 가까운 병원에 입원한
술과 친하여 성질 한 번 드세던
그래서 그런지 쓰러져
저 세상 구경 먼저 갈 뻔한
친구 녀석 병문안 마친
다른 친구 대여섯과 만나러 나서려다
그만 작파했지요
장대에 맞아 그만
그 친구보다 먼저 가기는
죽기보다 더 싫었던 거지요

그랬더니 그 대여섯 친구

장대 속을 뚫고 와서는

족발 중자 두 개에다

돼지 껍데기 하나에다

쓴 소주를 대여섯 개나 비우고선

아직 빗줄기는 그 이년생

왕대보다 더 굵었는데요

그 장대 속을 뚫고서 유유하게

사라지더라니까요

친구

아무도 가보지 않은 길 혼자 걸을 때
얼마나 두렵고 떨리고 외로운지
혼자이지 않아 본 사람이 그 맘 알까

사노라면 기쁜 일보다
슬프고 괴롭고 막막한 일 더 많은데
누군가 곁에 함께 있어 주는 것만으로도
위로가 된다는 걸
함께 있어 보지 않은 사람이 그 맘 알까

시리도록 푸른 하늘 아래
오색으로 곱게 단풍은 물들고
백과는 익어 알알이 영글어도
함께 보아줄 이 없고
함께 나눌 이 없다면
그 삶이 얼마나 쓸쓸할지
생각해 본 일 있는가

기쁜 일 있어 함께 즐거워하고
슬픈 일 있어 서로 위로하며
있을 때 나누고
없으면 손이라도 잡아주는 너와 나
친구여 우리 그렇게
서산을 붉게 물들여가며 지는
붉은 노을처럼 우리 우정도
아름답게 물들여가자

영흥 갈매기

영흥도 앞바다 선들바람에
물결이 길들은 강아지마냥 얌전하다
열두엇 깨벗 친구 무인도에서
서넛은 보트로 손낚시 가고
남은 축 몇은 동양화 감상으로
오고 가는 세월을 낚고 있다

낚이는 건 눈 먼 고기요 세월이지만
그 중에 월척은 와자한 우정이렷다
바다 위를 날던 괭이갈매기 서넛도
까만 갯바위에 내려앉더니
낚이는 우정이 부럽다고
끼룩끼룩 끼룩대며
하얀 고개를 연방 주억거린다

제3부
바람인 것을

광부鑛夫

두더지를 아시나요
땅 속을 뚫어야만 삶이 보장되는
지하 사백 미터 좁다란 갱도에
앉지도, 그렇다고 서지도 못하여 엉거주춤한 채로
온몸에 탄가루 시커멓게 뒤집어쓰며
폐 속에 피 대신 탄가루를 채우던

두더지를 아시나요
바닷물이 따뜻한 것은
밤새워 태양이 몸을 담갔기 때문이고
숲이 시원한 것은
낮 동안 바람이 놀다 갔기 때문이나
아궁이가 펄펄 끓던 것은
광부의 폐 속이 탄가루로 끓었기 때문이라는 것을

대천 낙조落照

붉은 불덩이 하나
대천 바다에 지고 있다
불그레 물든 노을 거느리고
서슬 퍼런 열정의 삶 갈무리하며

새하얀 반달 하나 안타까이
저만치 따라온다
삶의 든든한 버팀목
아버지 임종하는 아들인가

가지 마세요 떠나지 마세요
아버지 가시면 이 험한 세상
나 혼자
나 혼자서 어떡하라고

간절하게 부르는 아들의 외침 들었으랴
벌건 피눈물로 흰 구름 낭자히 물들이며
붉은 울음덩이 하나
대천 바다에 지고 있다

나는 누구인가

나는 누구인가
나는 어떻게 이 세상에 왔는가
나는 분명
내가 원해서 온 건 아닌데
그럼에도 불구하고
내가 온 이유가 있을 텐데
그것이 무엇인가

나는 누구인가
무엇을 위해 사는가
그저
살기 위해 사는가
누굴 위해 사는가

나는 누구인가
나는 어떻게 살았는가
나는 어떻게 살고 있는가
나는 어떻게 살 것인가

나는 어떻게 죽을 것인가

나는 누구인가
나는 죽어서 어떻게 살 것인가
누구에게 어떤 모습으로
나는 기억될 것인가
나는 누구여야 하는가

내 나이 쉰일곱

내 나이 쉰일곱
결코 간단찮은 인생길
연습도 없이 달려 온 이 길에
나는 어디쯤 와 있나

때는 오후 세 시
갈 길은 아직 먼데
해는 서산마루로
빨리도 달려간다

들판에 노릇노릇 오곡은 익어가고
앞산엔 초가을 단풍 고이도 물이 든다
머잖아 소슬하니 바람이 불고
뒷마당 장독대에 서리가
희끗하니 내리면 나는
인생 곳간에 무엇을 거두나

시간은 잘도 흘러

저 하얀 햇덩이 앞 산마루에 걸리면
삭풍에 낙엽지고 북풍한설 몰아치면
앞마당 시든 맨드라미에
하얀 눈꽃이 필 때면
희끗한 내 머리에도 흰 눈이 덮이어
세상도 나도 조용히
눈을 감겠지…

눈 오는 날이면

하얀 눈 소복이 쌓여 온 누리 새하얘지면
강아지 촐랑대며 하늘 보고 짖어대고
눈 위에 공연히 나도
저벅저벅 발자국 남겨도 보고
벌러덩 드러누워 인물화 그려도 보고
이번엔 코를 박고 엎어져도 보고
그래도 안 차는 성으로 두 손 짚어
손바닥 사진 찍어도 보고
그래서 눈과 손 제법 친해지면
커다랗게 굴려 만든 눈사람에
눈 코 입 그려도 넣고
그래도 아직 더 심심하면
친구끼리 눈싸움 신나게 놀다
눈탱이는 밤탱이 되고
두 볼 두 귀엔 복사꽃 피고
두 손 두 발은 퍼렇게 얼어
기어오는 땅거미에 등 떠밀려 집으로 오던
아슬히 멀어져 간 어릴 적 그 시절
아슴아슴하면서도 삼삼하게 내 두 눈 가득
밝히어 오네

도산서원에서

사백 년 세월 거슬러 올라
문향 그윽한 도산서원에 들어
퇴계 선생의 높은 학문 우러르다

곳곳에 스민 선생의 자취
작은 조각이나마 만져 볼까
이리 저리 둘러봐도
헛된 욕심 부질 없네

뜰에 앙상한 매화나무
꽃 피울 날 감감해도
홀로 벗하시던 매향이라
이 또한 그리워라

달팽이집

우리 동네 달팽이집
검푸른 담쟁이로 온통 휘감긴
어느 교과서에나 나옴직한
서양 어딘가의 성채 같은 고풍스런
2층 벽돌집

성채에는 왠지
어울리지 않는 조그마한
철대문 하나 빼꼼히 열리면
머리 허연 달팽이 하나 두리번대며
세상 구경하다가
누가 말 건넬까 지레
쏘옥 철대문 안으로 들어가지요

번개 세상이 두려운 걸까요
담쟁이로 세상과 결별한 채로
자기만의 세계에 파묻히는 자유가
쏠쏠할까요

팔십은 넘었을 주름얼굴에
머리 허연 숫달팽이가 살고 있는
우리 동네 달팽이집

돈

돈이란 무엇인가
사람이 만들고도 사람의 주인인가

돈에 웃고 돈에 울고
돈에 살고 돈에 죽고

부모도 형제도 부부도
부자까지 갈라놓는
돈은 독인가

없으면 못 살고 많으면 싸우는
돈이란 무엇인가

잘 쓰면 살리고 못 쓰면 죽이는
양날의 칼인가

명봉역에서

아침 안개 자욱한 간이역
북적이던 사람 떠나고 새도 날아간 자리에
코스모스만 한가로이 지나가는 바람 더불어 한들거리네

한때는 이별의 아쉬움 남겨 두고 꿈을 찾아
또 한때는 가난의 슬픔과 절망 내려 두고 희망을 찾아
태산명동泰山鳴動의 기개로 울어예던
그리하여 그 이름마저 명봉역鳴鳳驛 아니던가

가고는 오지 않는 손님 따라
역무원 아저씨의 인자한 미소마저 떠난 자리
코스모스 동무 삼은 파아란 들꽃만이
가버린 옛날 그리며 외로이 서 있네

*명봉역 : 전남 보성군 노동면에 있는 무인 간이역

동주東柱를 그리며
– 가모가와에서 시인 윤동주를 생각함

교토 남북을 가로 지르는 가모가와(鴨川, 압천)
강물은 소리도 없다
흠모해 마지않는 지용* 형을 따라
동지사*에 와
흘러가는 가모가와를 걸으며
시름 달래던 동주東柱여

이곳에 와 그대를 부름은
강물 따라 가버린 그대의
못 만난 자취가 그리움이요
그대 부르던 독립의 노래를 목 놓아
함께 부르지 못함이요
그대 헤던 밤하늘의 저 별을
함께 헤지 못함이며
별이 된 그대를 마저 헤지 못함이노라

또한
그대 달래던 시름의 흔적마저

무심히 흐르는 저 강물에서

더는 찾지 못함이노라

*지용 : 시인 정지용
*동지사東知社 : 교토의 도시샤 대학

매미

잘도 버티었다
가도 가도 끝없는 어둠의 세월
살을 에고 뼈를 깎던 인고의 나날도
언젠가 오고야 말 새 날을 바라
이 악물고 참고 또 참아 내었다
동 트기 전의 하늘이 가장 어둡다는 그 말을
하느님같이 붙들고 살아왔다

아, 드디어 여명이구나
허물을 벗자
허물을 벗자
인고의 세월마다에 켜켜이 쌓인
묵은 때로 가득한
허물을 벗자
그리고 노래하자
노래하자
목청껏 노래하자
나머지 삶이 길면 얼마나 길 것이냐

오늘 노래하다 내일 죽을지라도
노래하자
이 삶의 환희를 목이 터지도록
노래 부르자

맴 맴 맴 맴 매 애 애 애 ―

문상

국화 속에서 친구 어머니
구십 성상을 온몸으로 견뎌 온
한 많았을 세상을 향해
다소곳할 뿐 말이 없다

울지 말거라 아들아, 그리고 딸들아
한 번 오고 나면 가야 하는 것이
인생 아니더냐
올 때에 이미 갈 것을 알고
남는 것은 그저 이름이거니
할 수 있거든 서로 아껴주며 살아라
사랑하며 베풀며 그렇게 살거라
갈 때에 남길 것은 그저 이름뿐이거니

하얀 국화 속에
고단한 몸을 누이고
아들을 향해 딸을 향해 세상을 향해
그저 조용히 느끼게 할 뿐
아무 말이 없으시다

미당은 지금

생전에 심취했던 불교에
그 설화에 얽힌 시도 여러 편
남겨서 우리들에게 읽는
재미도 쏠쏠하게 해 주시던
미당*은 지금
욕계 제 몇 천쯤 가서서
멋들어진 시 한 편 읊조리고 계실까요

선덕여왕은 제 2천으로
춘향이는 제 4천으로
올려 보내 놓고 정작
미당은 지금
욕계 제 몇 천쯤에 앉아
한 송이 국화꽃을 피우기 위해
소쩍새 울음을 봄내
울고 계실까요

*미당 : 고 서정주 시인

바람인 것을

떠나노라
파란만장한
나그네 생을 접고

잘 있거라
떠돌던 고향 길아
이승의 인연들아
연 있으면 천상에서나 다시 만나리

화장터 불화로 쏘시게 되어
한 줌 재가 되어
나는 가노라
한 줄기 바람 되어
한 점 구름이 되어

이 손 빈 채로
몸마저 흔적 없이
나는 떠나노니

사람들아

서로 사랑하고 베풀기를
주저 말지어다
어차피 인생은 한 줄기
바람인 것을…

봄

구름 한 점 없이 화창한 날
공기 좋고 풍경 좋은 홍릉 수목원에
빨강 분홍 흰 철쭉
가는 4월 붙잡고 흐드러졌네

어디선가 날아온 흰 나비 한 쌍
이 꽃 저 꽃 옮아가며 희롱하는데
뒤쫓아 불어온 살랑바람도
살랑 살랑 살랑대며 꽃그네 타네

분수噴水

제 잘난 맛에
하늘 높은 줄 모르고
제 분수分數도 모르고
치솟기만
치솟을 줄만 알더니
기고만장氣高萬丈하더니
내 그럴 줄 알았지

제 아무리
높이 올라 보아도
하늘 아래 몇 자나 되나
한 순간에 여지없이 꺾이어
저리 맥없이
스러질 것을

남산공원

우리 가까이에
남산공원 있었네
뜻밖이었네

가까이 두고서도 그동안
까맣게 몰랐었네
미국 맨해튼에만 센트럴파크 같은
도시인의 허파가 있는 줄만 알았네
우리에게도 이렇게 멋지고 아름다운 허파가
서울 한복판에 있는 줄
까맣게 잊고 있었네

가까이 두고도 잊고 있거나
까맣게 모르고 사는 것이
어디 이것뿐이랴
나의 가족, 나의 친척
나의 친구, 나의 친지들
그리고

날마다 마주치는 이웃사촌들
나의 삶을 차지게 가꿔주는
모든 이들이 다
아름답고 멋지고 귀하디귀한
행복 덩어리들 아닌가?

가까이 있는 그들이 모두 다
내게 소중한 존재라는 걸
까맣게 잊고 있다는 것조차
까맣게 잊고 살았네
뜻밖이었네

비

비가 오누나
이왕 내리는 비는
한 사흘
내리면 좋지

내려서
목마른 대지
흠뻑
적시면 좋지

내려서
타 들어가는
사람들 마음도
적시면 좋지

내려서
철 철 철 흐르는 물로
흩어진 사람들 마음까지
이으면 좋지

제 4 부

옥수수를 벗기며

시민이여 시를 읽어라

안산 가는 지하철에서
앞뒤 좌우를 휘둘러보니
저마다 손에 든 스마트 폰에
동그란 눈들이 들어가 있네

게임하는 남학생 만화 보는 아가씨
야구 보는 젊은이 바둑 두는 아저씨
그도 아니면
수다에 정신없는 아줌마까지

시민이여 시를 읽어라
그대 잠시라도 틈이 있다면
멋쟁이 시집 한 권 펼쳐 들고서
눈길 가는 한 구절 읽어 보게나

세상사 쌓인 시름 스르 르르르
그대 머릿속 눈 녹아 떠난 자리에
필경은 잔잔한 미소 그대 가슴에
살포시 찾아와 머무를 테니

아베安倍여

당신은 아는가
도요토미를 히로히토를 도죠와 이토를
그들이 인류에게 어떤 죄를 저질렀는가를

당신은 아는가
이순신을 안중근과 윤봉길과 이봉창을
731에서 죽어간 만 명의 영혼을
영문도 모르고 스러진 윤동주를
그들이 그리도 처참하게 왜 죽어야 했는가를

당신은 아는가
간디를 마르틴 루터를 김대중을 만델라를
그들이 무엇을 위해 평생을 바쳐 싸웠는가를
사람들이 왜 그들을 기억하는가를

당신은 아는가
당신을 위해 일본을 위해 인류를 위해
당신이 무엇을 해야 하는가를
당신의 이름이 어떻게 기억돼야 하는가를

어떤 자랑

여보게 한 잔 하게
오랜만에 이리 만나 참 반갑네
근데 말야
우리 아들 골치 아프네
저번에 나 제주도 갔었네
뻑하면 티켓 끊어 여행가라네

여보게 또 한 잔 하게나
우리 아들 참 골치 아프네
얼마 전 극장가서 영화 보았네
뻑하면 티켓 끊어 극장가라네

여보게 한 잔 더 들게
우리 아들 무지 골치 아프네
어제도 송도 가서 회 한 점 했네
뻑하면 나가서 외식하자네

여보게 한 잔 마저 들게

우리 아들 너무 너무 골치 아프네
오늘은 품에 덥석 손주 녀석 안기네
뻑하면 데리고 와 눈에 넣어 주네

아, 나도 골치 아픈 아들 하나 있었으면…

오! 자네 왔능가

얼마나 황망했능가 내 부음訃音에
소식 듣고 얼마나 멍했능가
서둘렀능가 날 배웅하려
서둘러 나섰능가
오면서는 더 먼 길 가버린
날 나무랐능가
그리 쉽게 가버릴 수 있냐고
오는 길 북하면에 우리 늘 가던
오! 자네 왔능가에 들렀능가

반질한 맷돌들 현관에 깔고
오―크 술통은 안 벼락에 앉혀 두고
아름드리 통나무로 기둥 받치고
올망졸망 미투리는 한켠에 두어둔 고풍 나는 그
몸 늙으니 세월도 늙더라는 그
젊었던 아낙의 늙은 미소가 잔잔한
음악에 묻어나는 그곳에
솔향 매향 물씬한 차 한 잔 들고 왔능가

떠나기 바빠 못 다한 인생

결산 보아 줄 이 많아도

한 송이 국화 향 자네 손에 맡으려

훌쩍 황천 강

건너 못 가는 날 보러

오! 자네 이제 왔능가

오월 장미

왜 하필 장미는 붉게 피는가
왜 하필 장미는 오월에 피는가
왜 하필 광주민주항쟁은 오월이었는가
왜 하필 민주주의는 피를 먹어야 피는가

삼백 미터는 족히 넘는
아파트 담장 따라 너울너울
오월의 영혼들이 핏빛 영혼들이
방울방울 피멍든 채로
알려진 이름보다 숨겨진 이름들이
수도 없이 셀 수도 없이
금방이라도 붉은 핏물 뚝 뚝 흘릴 듯이
담장 가득 피어 있는
오월 장미

옥수수를 벗기며

퍼렇게 싱싱한 옥수수를 벗긴다
덕지덕지 끼어 입은 묵은 옷을 벗긴다
낡아 빠진, 케케묵은 가면을 벗긴다
한 꺼풀 한 꺼풀 겉치레와 허울과 번잡을
낡아서 거추장스런 욕심을 벗긴다
마지막 자존심 수염까지 가차 없이 벗긴다

드디어 벗길 아무 것도 남지 않은
진솔하고 겸손한, 있는 그대로의 알맹이로만
오직 토실한 알맹이로만 남고 싶은

나

운동예찬

누가 병원에 가는가
누가 약을 먹는가
하루 세 끼 밥을 먹듯
하루 한 번 잠을 자듯
하루 한두 시간 끊임없이 운동을 할 일이다

우리의 어깨에 가슴에 팔다리에
숨어있던 피둥살은 달아나고
우리의 얼굴에 뱃살에 허리춤에
붙어 살던 기름살도 도망가고
무엇보다
우리의 마음을 머리를 짓누르던 스트레스마저
멀리 멀리 자취 없이 사라진다

팔다리엔 산소 품은 근육이 돋아나고
얼굴은 유쾌 머리는 상쾌 마음은 통쾌
이 좋은 운동에 게으른 채
누가 약을 먹는가
누가 병원에 가는가

잔칫집

아버진 먼 길 오신 손님 맞아 바쁘고
어머닌 맛난 음식 감독으로 바쁘고
부엌에선 아주머니들 전 부치랴 바쁘고
가마솥은 부글부글 밥 쪄내랴 바쁘고
들락날락 아이들 음식 얻어 바쁘고
시집가는 새색시 꽃단장에 바쁘고
장가가는 새신랑 차려 입기 바쁘고
온 집안 들썩들썩 시끌벅적 와자하던

옛날 가고 새날 되니 변해도 너무 변해
예식장 눈도장에 봉투 내고 밥 먹고
오는지 가는지 나도 몰라 너도 몰라
끝나고 들어온 집 호젓하고 썰렁해
이 집 과연 잔칫집이 맞기나 하나 몰라

지폐 오만원

눈에 넣어 키우던 외동딸 하나
어느 몹쓸 손에 잃은 사연
서서는 더 이상 버틸 수 없어
차디찬 지하 서울역 바닥에
술과 함께 누운 노숙인

누군가 찔러 놓은 머리맡
지폐 오만원
횡재했다 펴든 손 위에
쓰디 쓴 미소가 누렇게 뜬다

누구였나
주머니 깊은 곳
애지중지 꺼냈을
속 깊은 마음

이 돈 차라리 안양에
지척 안양에

두고도 못 가는 아내 손에
쥐어나 줬으면

그 돈 처가 찔러준 줄 모르고
그 처가 암으로 죽어 가는 줄도
그는 모르고…

짝사랑 1

-감기에게

발그레 진달래꽃 벙글고
노오란 개나리 화사히 피어날 때
꽃과 함께 찾아온 그대

내가 그리도 그리웠나요
미열과 재채기로 살며시 찾아온 그대를
미처 알아보지 못했네요

좀 더 큰 기침으로 인기척을 내고는
아주 뜨거운 체온으로 그대가
나의 온몸을 휘감고서야
나를 향한 그대의 뜨거운 사랑을 알았어요

하지만 왠지 난 그대를
두 손 들어 환영할 수만은 없네요
그대는 내가 꿈꾸던 나의
이상형이 아니니까요

그러는 내 마음 아는지 모르는지
날이 가고 달이 가고
화사하던 꽃들마저 바람 따라 떠났건만
그대는 내게서 떠나려 않는군요

그대여
이제 그만 떠나줄 수 없나요
우리 더 이상 인연이 아닐 바엔
떠나는 그대 마음 아프겠지만
보내야 하는 내 마음도 아프다오

다만—
나를 향한 뜨거웠던 그대 사랑만은
잊지 않고 소중히 간직할 테니

짝사랑 2

- 감기에게

작년 봄에
아주 간 줄 알았는데

아직도 못 잊고
다시 또 왔니

세상은 넓고
할 일 많은데

아련하던 그때 그
첫사랑도 아닐 바엔

이제 그만 잊고
좋은 짝 찾아 가렴

미련 떨치고
어서 가 주렴

하의 실종시대

무릎에서 치마까지
몇 센티인가
십 센티면 괜찮고
넘으면 속절없이
유치장 신세이던
원시시대는 가고

쭈욱 뻗은 다리
올려 보다 시선 멎는 곳
그 곳에서 만나는 상의 자락
하의는 어디 갔나
내 눈 둘 곳 덩달아
찾을 길 없는 지금은

하의下衣 실종시대

친구 어머니

무심한 하늘은 맑기만 하고
탁 트인 들판은 넓기만 하다
시원스레 쭉 뻗은 고속도로
버스 타고 달려가는 문상 길
좌우로 늘어선 높낮은 산들
푸르고 푸르기 그지없는데
어디서나 흐드러진 밤꽃들
눈 같은 그 꽃잎 머리에 이고
달려와서 마중하고 달려가며 배웅한다

질펀한 그 밤꽃 향기에 싸여
구십 평생 곡절 많은 삶의 짐 내려놓고
다시는 올 수 없는 먼 길을 따라
긴 여행 떠나가신 친구 어머니
하아얀 꽃 속에서 다시는 말이 없다

이러다가 나 백 살 살겠어
그러면 좋지요

안 돼 그러면 안 돼 어서 가야지
아니 건강하신데 왜요
재미가 없어 사는 재미가
이렇게 살아서 뭐해 때 되면 가야지
안 죽어지는 것도 벌이야

무성한 가지에 꽃들 피우고
시린 서리에 알밤 남기며
매서운 칼바람 모질게 견디다
견디다가 견디다가
가지에서 떨어지는 마른 낙엽같이
여름날 소복한 밤꽃같이
오롯이 살다 가신 친구 어머니

이제는 이생의 시름일랑 털어 버리고
고통 없고 걱정 없는 하늘나라에서
자비하신 우리 하나님 따스한 품안에서
편히 쉬소서
고이 잠드소서

회갑回甲

회갑이란
적어도 우리에겐
길도 없는 황량한 벌판에 던져져
가시덤불에 손발 찔리며
길을 만들며
헤쳐 왔다는 얘기

가시덤불 헤치고
자갈 들어내고
잡초 뽑아내고
옥토로 바꾸어
벼 이삭 알알이 영근
누런 황금들판
이루었다는 얘기

이제는
찬 서리 내리기 전
오곡백과 거두어

곳간에 들여 놓고
울다 웃다 싸우다
오롯이 정들어 버린
그러다 함께 늙어 버린
그대와
화롯불 다가 끼고 앉아
옛이야기 나누며
새로운 인생 2막을
준비해야 한다는 얘기

빗님

비가 오신다
빗님이
소리 내어 오신다

언제 가신지도 모르게
가신다는
소식조차 없다가
편지 한 장 없다가
전화 한 통 없다가
문자조차 없더니
메마른 대지 두드리며 저벅대며
마른 나뭇잎 간질이며 악수하며
비쩍 마른 콘크리트 벽 노크하며
목말라 혀 빼 문 아파트
보일러 철 연통 떵 똥 울리며
소리 내어 오신다

빗님 오는 소리는 벗님 오는 소리다

빗님 오는 저 소리는 그만치
먼 데서 오는 소리다
그만치나
먼 데 갔었다는 소리다
오신다는
소식조차 없다가
반가움에 젖은 팔 수없이 흔들며
소리 내어 오신다

빗님이 벗님 되어
벗님이 빗님 되어

서대문형무소에서

환한 대낮인데
하늘에 빛나는 저 수많은 별들

관순 별, 창호 별, 병희 별, 동휘 별
용운 별, 동삼 별, 재명 별, 우규 별
이루 다 셀 수도 없는 별, 별, 별

한 알의 밀알 썩어서
수많은 지사 열사 꽃피우고
모두가 썩어서 찬란히
독립 대한의 꽃 피워 내고는

억만 해 무궁 안녕 기도하며 빛나는
밝은 하늘에 수놓인
새벽하늘의 계명성* 같은
저 별, 별, 별

*계명성 : 금성

스마트 폰

달리는 지하철에 앉은 사람들
팔 할의 눈들이 스마트 폰에 꽂혀 있네

책 읽던 사람들
신문 뒤적이던 사람들
어디론가 사라지고
까만 밤 밝혀 쓰던 연애편지는
박물관 찾아간 지 이미 오래

숨 막히게 자판 눌러대는 엄지족들
저러다 엄지에 불나겠네

선풍기

봄도 아직 물러가지 않은 자리에
철없는 더위가 비집고 들어오더니
아예 가부좌를 틀고선
여름을 불러다 놓고서 멀찍이
봄을 쫓아 버렸다

여름은 그것이 고마웠나
더위에 제 철 옷을 입히더니
신이 난 더위는 기세가 자못
저 하늘 끝을 찌른다

여름도 오기 전에 일을 시킨다며
한 놈은 벌써 날개 꺾고 떠나 버리고
남은 한 녀석만이 그 놈 몫까지 일하느라
고갤 저으며 연방 투덜대더니 기어이
골병이 들었는가

그르렁 그르렁 쉬는 숨소리가

밭일에 곯아 일찍이 낙엽 따라 가신
엄니를 닮아
예사롭지 못하다

술

오랫만이오!
오랫만일세!
만난 지 오래인데 어찌 우리
술 한 잔이 없을 손가

부어진 술
올려진 잔
위하여!
위하여!
잔들은 허공에서 춤추고
소리는 귓전에서 울리는데
술은 목으로 미끄러진다

일 배 일 배 부 일 배
권커니 잣커니
잔들은 연방 채워지고
병들은 연방 비어간다

하얗던 얼굴은 벌겋게 물이 들고
물이 술인가 술이 물인가
술은 역시 술인가
술이 술술 넘어간다

가야지
가야지
집에는 가야지
가기는 가얄 텐데
발은 왜 이다지 허공을 밟느냐
눈은 왜 이리도 자꾸만 감겨 오나
길은 왜 이렇게 좁아만 터졌느냐
고르지도 못 하더냐

내가 마신 술이거늘 술 또한 날 마셨구나
기분은 좋다마는 몸만은
가눌 길이 없어라

어! 좋다
어! 취한다

제 5 부

선자령의 바람

동강 東江

짙푸른 녹색 물결 실버들 휘늘어져
너울너울 굽이마다 래프팅이 즐겁다

장마로 불어난 강물 위 두꺼비 바위를 지나
물고기 비늘 반짝이는 어라연 급류까지
뒤집힐 듯 뒤집힐 듯 용케도 타고 넘는 노오란
보트의 행렬이 흥겹다
눈 아래 펼쳐지는 수상 축제에
모처럼 갠 하늘도 흥을 보태고

좌우에 무성한 숲 사이
바위에 붙은 돌단풍도 곱구나
열 굽이 스무 굽이 돌고 돌아서
수억 년을 숨 쉬어 온 고씨굴을 휘감고
단종의 애끊는 사연
말없이 지켜 온 청령포도 지나서
유유하나 장엄하게 동강은 흐른다

삼악산

자욱한 구름 아래 고즈넉한
삼악산
오르는 길마다 바위투성이
지나온 길은 그대로
내 살아온 길

이따금씩 허리 펴 바라보면
저 멀리 굽이쳐 흐르는 북한강
내 삶에도 잠깐씩은 저러이
여유로운 때 있었던가
내 삶 아직도
끝나지 않은 오르막길

얼마를 더 걸어야 굴곡진 삶
곧게 한 번 펴지려나
내 인생 하산 길은 땀일랑
부디
덜 흘려도 좋으련

두물머리 강가에서

두물머리에서 보았네
물에 잠긴 산 그림자 고요하고
자그마한 목선 한 척 한가롭게 떠있네
새파랗게 맑은 하늘도 강물 굽어보며
점점이 흰 구름 뜬 제 얼굴 바라보네

언젯적 이 물이 남한강이고 북한강이었던가
다만 하나의 이름 한강일 뿐이네
두 물은 천리 밖 태백과 옥밭에서
그리워 그리워 서로가 그리워
부딪치고 깨지고 아우성치며 달려와서는
이곳에서 드디어 하나가 되어
서로가 얼싸안고 하나가 되어
하나 된 기쁨으로 의젓하게
저렇듯 점잖을 뿐 말이 없어라

두물머리에서 보았네
그리움으로 부푼 가슴 터져 올 즈음

결국엔 이렇듯 하나 되고 마는 것을

그날이 오면
남북이 통일 되어 하나가 되는
언제고 그날이 와주기만 한다면
여기 두물머리에 와서
머리 풀고 신발 벗어 들고 두 팔 벌려
덩실덩실 신명나게 어깨춤을 추겠네
미친 듯 환장한 듯 춤을 추겠네

선운사 동백꽃

안 보이네
문득 생각 나 그 먼 길
한 걸음에 달려가도
늘 푸른 잎 속에 꽁 꽁 숨어
그 모습 안 보여주네

어쩌다 몇 송이 대담하게
붉은 입술 조금 열고 빼꼼히
사알짝
그야말로 사알짝 내다보다가
부는 바람 핑계 삼아
이내 숨어 버리네

딴은 저도 궁금하겠지
양귀비꽃보다 더 이쁜 그 얼굴
이제나 저제나 하여
다녀가는 수많은 얼굴들이
못내 궁금한 거야
저도

선자령의 바람

먼 먼 동해바다 건너와
강릉시내를 한 바퀴 휘돌고
대관령을 지날 즈음 너는
무엇에 그리도 성이 났느냐

휘이이 휘이이 몹시도 서럽게
쏴아아 쏴아아 몹시도 사납게
선자령 풍차를 돌리고 있구나

그쯤 하였으면 그칠 만도 하건만
그만큼 울었으면 멈출 만도 하건만
저 큰 풍차를 돌리고도 남은 성으로 너는
또 어디로 그렇게 몰려가고 있느냐

속리산俗離山

떠나라
삶의 집착과 아집과 욕심과 미련
이런 거추장스런 짐일랑 벗어버리고
속 시원히 훌훌 털어버리고
홀가분히 떠나라

졸졸졸 시냇물 흐르고
지지구구 지지구구 산새들 노래하는 곳
철따라 색동옷 갈아입고
꽃향기 풀내음 그윽한 곳
받기보다는 주려 하고
나보다 남을 먼저 챙겨주는 곳
그곳을 찾아
속俗을 떠나라

아! 백두산

얼마나 그리운 이름이냐
얼마나 아득한 이름이냐
수천 년 전 단군왕검이 터를 잡고
홍익인간의 큰 뜻을 펼친 이래
우리 민족과 떼려야 뗄 수 없는
민족의 고향 백두산

조상 대대로 터를 닦고
할아버지 할머니가 물려받은
삼천 리 금수강산의 꼭지가 된
민족의 영산 백두산

아— 부끄럽고 부끄럽다
오늘 형제끼리 갈라져
허리께를 묶어 놓고도
창피한 줄 모르고 반목한 지
어언 칠십 년

아무리 비가 와도 넘칠 줄을 모르고
아무리 가물어도 마를 줄을 모르는
저 백두산 위 천지를 보고도
아직도 천지분간 못하는
어리석고 불쌍한 우리 민족이여

깨어야 한다
일어나야 한다
저 만주 대륙을 휘저으며
천하를 주름잡던
고구려의 기상으로
남북이 하나 되어
세계를 향해 우주를 향해
다시금 힘차게 나아가야 한다
그리하여 세계만방에
본시 우리는 이런 민족이노라
크게 크게 더욱 더 크게
외쳐야 한다 소리쳐야 한다

목에서 피가 터지고
드디어 목이 메어
저 하늘에 닿을 때까지
이 백두산 천지에 올라
외쳐야 한다 소리쳐야 한다
크게 크게 더욱 더 크게

아, 대둔산!

설날 지나고
2009년 2월 새 달이 힘차게 열리던 날
대둔산 너의 품에 우리는 안겼노라
우악스럽고 험한 형상 속에 억센 손을 감춘 채
표정마저 험했지만 겸손하게 우리는 다가갔노라
지리산 설악산 금강산이 이사 온 듯
기암과 괴석으로 겹겹 옷을 껴입었지만
조심스레 내민 손에 한 자락 한 자락씩
너른 품을 내어주던 너
사랑과 빈 마음으로 우리는 계속 너를 원했고
우리의 진솔함에 비로소 너의 마음이 열려
너의 가장 깊은 곳마저 아낌없이 허락하곤 도리어
활짝 웃는 미소로 우리를 배웅했지

머지않아 다가올 새 봄에는
진달래 산수유로 짙은 향수 뿌리고
이어질 여름에는 매미악단 지휘하며
서늘해진 가을에는 단풍 옷으로 갈아입고서

다시 올 우리를 손꼽아 기다리라
삶에 지쳐 어언 활기 잃어 갈 그 즈음에
우리 다시 너를 만나리라
억센 너의 손에 악수하며 새 힘을 얻으리라
설 지난 연초에 그랬던 것처럼…

용문사 물소리

철 철 철 철
철 철 철 철
고요한 용문 계곡
물소리 맑고 맑네

발그스레 아침 햇살
잠든 계곡 깨우면
산새소리 바람소리에
물소리도 시원하고

불그스레 저녁 햇살
산그늘로 사라지면
산새도 둥지 찾고
바람 더욱 고요한데

철 철 철 철
철 철 철 철
물소리 자장가에
산절도 잠이 드네

제비봉

멀리서 보면
날아가는 제비 형상이라
제비봉이래

오르다 보면
굽이 굽이 굽이길
만만치 않은 바윗길
제비도 이쯤에서 쉬어 갔을까

내려다보면
깎아지른 절벽 아래
에스라인 아가씨 하나
엉덩이 살랑대며
내 눈길 사로잡고

올려다보면
제비 한 마리 나래 펴고
어서 올라오라고
싱긋 윙크로 눈웃음 쳐

용소龍沼

용추산자락 남쪽 기슭에
황룡이 승천하였다는 연못 하나
실타래를 다 풀고도 모자랐다는
그 깊이만큼 사연도 깊다

울창한 나뭇잎마다 마다에서
햇살에 눈 반짝이던 작은 이슬들
청운의 푸른 꿈 가슴 안고서
서른 자 폭포 되어 힘차게 굴러
황룡 꿈틀이는 소沼를 이루고

옥빛 은은한 저 물 한 줄기 강*을 이루어
남도 삼백리를 굽이쳐 흘러
삼백만 도민에게 젖줄로 되었다가
쫀득한 홍어며 가오리 굴비를 품은
너르디너른 황해바다를 다 채우고도 남는다니

나뭇가지 너울이고 둥 둥 꽃잎 품어

조용히 흐르기만 할 뿐
말이 없는 너 용소여
내 남은 생을 어찌 살아야
침묵으로 가르치는 너의 웅변에
용솟는 황룡의 자취로 응답할 거나

*강 : 영산강(용소는 영산강의 시원始原으로 알려져 있다)

주왕산

한 발 들여 기암이요 두 발 딛어 괴석이라
세 발이면 용추폭포 네 발 떼면 절구폭포
내쳐 가서 용연폭포 옥빛 호수 그림이네

하나님 지은 만물 걸작 아님 있으랴만
청송이라 주왕산은 걸작 중에 걸작일세
내 이 작은 두 눈으론 모두 담기 어려워라

태백산 太白山

클 태, 흰 백, 메 산 자
그 이름 어이 붙었는고
한겨울 눈꽃 이고 선
그 산에 오르고야 알았네
눈 덮인 능선 아래
산세도 웅장하다

정기의 신령스러움에
천제단 베풀어 하늘에 제 올리고
그 아래 장군단, 다시 또 하단
삼단 중첩하여
서기瑞氣도 충만하다

살아 천 년 죽어 천 년
주목나무 말 없는데
스쳐 간 인걸들은
또 그 얼마인고

참성단塹星壇에서

해발 472미터 강화 마니산
거친 바윗길 헤치고 마침내 정상에 올라
그 옛날 단군께서 억조창생의 무궁 안녕을 빌던
참성단을 우러르다

둥그런 기단 위에 네모 반듯이 제단을 쌓고
열성조 이어 이어 나라의 안녕과 백성의 평안을 기원 드리던
간절한 그 기도 하늘에 닿은 듯
뜨거운 태양 품에 안고 푸르게 빛나누나

사람아
저 아래 끝 간 데 없이 펼쳐진
저 광활한 서해 바다를 보아라
인생은 짧아서 한없이 덧없으나
저 바다는 만년을 한결같이 출렁이고 있나니
저 너른 바다의 한 방울 물 같은 이 땅에서
남쪽이 어디메고 북쪽은 또 그 어디메냐

하나가 되거라
부디 하나가 되거라
대동강 푸른 물이 물보라를 일으키며 달려오고
한강의 물 자락도 아우성치며 달려와서
드디어 하나의 강 임진강으로 얼싸안고
하나 된 기쁨으로 도도히 흘러
저 너른 서해 품에 포근히 안기나니

사람아
우리는 본시부터 하나의 민족, 하나의 나라인데
이념은 무엇이고 사상은 무엇이냐
남쪽은 어디메고 북쪽은 또 그 어디메냐
바라노니 머지않은 내일에
칠천 오백만 겨레 모두 이곳 참성단에 올라
하나 된 통일조국에 가슴 터질 듯이
두 팔 휘저어 한바탕 신명나게
복받치는 감격으로 감사의 제를 올리자꾸나

행운목

행운목 꽃이 피었다
양지 바른 곳에 두고
거름 주고 물주기 몇 해던가
파꽃 같은 꽃 봉오리
망울망울 피었다

향기가 좋다
오랜 세월 벼르고 별러
참고 참아 숨겨 온 향
거실 가득 채우고 남아
문 밖 세상까지 은은하다

한낱 미물도 풍기는 향 저럴진대
육십 넘겨 살고서도 향기 없는 인격이면
어디에 머리 두고 나이를 논할 건가
세상 가득 향기 은은한
나도 저 꽃 따라 닮고 싶어라

조재완 시의 은유시隱喩詩 기법
— 첫시집《가을에 떠난 그대》평설評說

石蘭史 이 수 화
(시인 · 한국문학비평가협회 회장)

   조재완 시(조재완 시인의 텍스트)는 메타포어(Metaphor) 은유시隱喩詩다. 사물을 비유해 말하거나 설명할 때 본뜻은 숨겨놓고 겉으로는 다만 비유하는 형상만 보여주는 수사법修辭法(Rehtoric)으로 된 시다. 미꾸라지 용龍 되었다고 했을 때 용보다 못한 미꾸라지에다 거대한 용을 비유해 보이는 수사학인 것이다. 조재완 시의 은유시들은 저러한 수사학이 표상, 또는 형상화하는 본질에 대한 시적詩的, 미학적 은유(숨겨진 사실 벗겨 보이기)의 현현체顯現體(눈앞에 떠올려 나타낸 이미지)이다. 가령,

   퍼렇게 싱싱한 옥수수를 벗긴다
   덕지덕지 끼어 입은 묵은 옷을 벗긴다
   낡아 빠진, 케케묵은 가면을 벗긴다

한 꺼풀 한 꺼풀 겉치레와 허울과 번잡을
낡아서 거추장스런 욕심을 벗긴다
마지막 자존심 수염까지 가차 없이 벗긴다

드디어 벗길 아무 것도 남지 않은
진솔하고 겸손한, 있는 그대로의 알맹이로만
오직 토실한 알맹이로만 남고 싶은

나

- ⟨옥수수를 벗기며⟩ 전문

   총 3개 연으로 된 예시例詩는 은유하고 있는 '나(自我)'(3
번째 후말련)의 겉치레(가면假面)를 벗긴(1연) 겸양의 미덕
을 갖춘 자아(2~3연)를 현현해 보이고 있다. 본의本義(진아
眞我)를 현현해 보이기 위해 도입한 유의喩義(바이클)인 '옥
수수를 벗기며'는 시인(조재완)의 완벽한 미학적 기획(표
현Render과 수사학Rehtoric)에 따라 소기의 시적詩的 아름다
움을 획득해 놓고 있다. 시인의 자화상自畵像을 이쯤 은유시
화 한다 함은 찬탄에 값하는 일이 아닐 수 없겠다.
   이 조재완 첫시집《가을에 떠난 그대》의 표제表題 '가을
에 떠난 그대'가 함의로 지니고 있는 현현성顯現性은 매우
아름답다. 척박한 스토리텔링에 기대어 말하자면 서울의
동북부(성동구) 중랑천을 공간으로 해 그 천변에 호박꽃
피던 시절을 전후한(주로 가을철) 계절에 이별한 '그대'를

애모하는 리리시즘 시다. 범상하달 수밖에 없는 이 시의 메타텍스트 '가을에 떠난 그대'가 표제시로 주목되는 기폭제는 그 은유적 레토릭에 있다. 제6연, "호미 놓은 빈손으로 이 가을에/ 훌훌 털고 먼 길 가신 그대여"가 바로 그것이다. 억새꽃을 품은 중랑천 가을 밤하늘에 달이 휘영청 밝고 노란 호박꽃은 피어서 떠나간 '그대'의 화사한 웃음(4연~후말행)과 동일화 된다. 시인의 시상의 애잔함은 흔희 이별한 옛 사랑(사람)에 대한 그리움 따위가 아닌 사별의 회자정리 바로 그러한 인간 심리와 정서의 피동상인 것이다. 깊은 내면(마음)의 청랑淸朗과 밝고 맑은 정조情操(고급한 정서)가 어우러진 시심詩心의 발현상, 즉 우리 인간성을 순화시켜 주는 시정신의 현현상顯現相인 것이다. 기법상으로 말하자면 리리시즘의 은유정신 소산일 터이다. 엘리어트식으로 말해 청랑한 감성의 시여서 낭송朗誦(낭독朗讀이 아닌)을 하면 만장滿場에 가을 양광陽光이 쏟아져 들 듯한 아우라(aura)의 시일 터이다. 조재완의 메타포어 시는 사물의 형체로서 우리 앞에 현전해 오는 무형의 아우라(aura, 느낌·분위기)이즘 은유시라는 점에서 신묘성[詩性]을 담지하고 있다 하겠다.

    하늘 높은 줄 모르고
    제 분수分數도 모르고
    치솟기만
    치솟을 줄만 알더니

기고만장氣高萬丈하더니
내 그럴 줄 알았지

제 아무리
높이 올라 보아도
하늘 아래 몇 자나 되나
한 순간에 여지없이 꺾이어
저리 맥없이
스러질 것을

- 〈분수〉 전문

예시例詩 또한 은유시 포에틱스(poetics, 시법詩法)가 잘 구현되고 있는 메타포어 시다. 제 분수도 모르고 기고만장하는 인간상人間像에 대한 선명한 경고장이기도 하다. 이미 저리군群이 살아서 팔딱팔딱 튀어오르고 있다기보다 그런 이미지즘의 토막난 정신精神 부재의 이미지즘을 극복하고 있는 관념과 감정의 통합된 감수성(엘리어트) 미학이 확연하게 현현해 있는 미학미의 형상화다. 분수噴水에 대한 견강부회적 니힐리즘, 곧은 선비정신의 상징성 따위를 벗어나 리얼하기까지 한 은유시 미학의 현상학이다. 분수처럼 저가치의 장식물도 없다. 보기에 따라 시각을 즐겁게 할 수도 있겠으나 그것은 시인(조재완)처럼 분수分數(첫 연 둘째 라인)를 소리 나는 대로 희화화戱畵化(pun)할 대상이거나, 한 순간에 여지없이 그 기고만장이 꺾이어 스러지는 존재에 불과한 것이다. 시인의 분수噴水를 의인화해 읊고 있는 은유 미학에는 인간의 분수分數를 알아야 하는 모럴리즘이 쾌적하게 제시되어 있어 독자 가슴에 아름다운 정신 태도의 표상적 여운을 남겨주고 있다. 시인(조재완)의 은유시 미학 추구 태도는 이미지즘 시가 지닌 조형의 중요한 원리 중에 하나인 그 특성상 형식의 통일성 속 다양성(Variety in Unity)을 확보하고 있다는 점을 특장으로 꼽을 수 있다 하겠다. 다음과 같은 은유시 〈매미〉가 그 좋은 예일 터이다.

잘도 버티었다
가도 가도 끝없는 어둠의 세월
살을 에고 뼈를 깎던 인고의 나날도
언젠가 오고야 말 새 날을 바라
이 악물고 참고 또 참아 내었다
동 트기 전의 하늘이 가장 어둡다는 그 말을
하느님같이 붙들고 살아왔다

아, 드디어 여명이구나
허물을 벗자
허물을 벗자
인고의 세월마다에 켜켜이 쌓인
묵은 때로 가득한
허물을 벗자
그리고 노래하자

노래하자
목청껏 노래하자
나머지 삶이 길면 얼마나 길 것이냐
오늘 노래하다 내일 죽을지라도
노래하자
이 삶의 환희를 목이 터지도록
노래 부르자

맴 맴 맴 맴 매 애 애 애 —

- 〈매미〉 전문

　예시例詩는 조재완 은유시 미학의 그 통일성 속 다양성의
이른바 역설의 미감이 돌올하게 표상화 되고 있는 텍스트
이다. 땅 속에서 수년 간 파묻혀 성충이 되고 마침내 허물
을 벗고 세상에 태어나 고작 일주일여를 산다는 '매미' 란
시의 콘텍스트(시 초중반 9행) 이후 진술이 그것이다. 화자
가 텍스트 속 매미가 되어 그 인고의 삶의 해방감에 목청껏
노래하자는 '환희' 야말로 독자의 해방(자유 의식)에 다름
아니다. 시인(조재완)의 이와 같은 존재론적 방존의식放存
意識은 텍스트의 최종 후말련에 장치한 "맴 맴 맴 맴 매 애
애 애—" 의 의성어로 표상하고 있는 공감각共感覺
(synesthesia) 이미지즘으로 처연하게 표현하고 있다. 억압
상황의 그 어떤 압제에도 굴하지 않겠다는 인간 처지의 실
상에 대한 시인(조재완)의 태도가 은유적으로 잘 드러나고

있다. 인간과 매미 차이를 해체(deconstruction)해 보이고 있는 이른바 차이(difference)의 새로운 문화 정치학(new cultural politics) 소산일 터이다. 시 〈옥수수를 벗기며〉와 함께 조재완 은유시의 쌍맥을 이루는 은유시 미학이 확연한 시다.

눈에 넣어 키우던 외동딸 하나
어느 몹쓸 손에 잃은 사연
서서는 더 이상 버틸 수 없어
차디찬 지하 서울역 바닥에
술과 함께 누운 노숙인

누군가 찔러 놓은 머리맡
지폐 오만원
횡재했다 펴든 손 위에
쓰디 쓴 미소가 누렇게 뜬다

누구였나
주머니 깊은 곳
애지중지 꺼냈을
속 깊은 마음

이 돈 차라리 안양에
지척 안양에

두고도 못 가는 아내 손에
쥐어나 줬으면

그 돈 처가 찔러준 줄 모르고
그 처가 암으로 죽어 가는 줄도
그는 모르고…

- 〈지폐 오만원〉 전문

조재완 시 〈지폐 오만원〉을 읽으면 눈물이 울컥 솟는 것을 억제하게 된다. 리얼리즘 시의 사실성을 현현顯現하고 있는 아우라(aura, '지폐 오만원' 이란 시[物體]가 발산發散하고 있는 그 비극성의 냄새 또는 느낌) 때문이다. 이와 같은 리얼리즘 시에서 우리가 느끼는 기분(atmosphere = 아우라aura)이 이 예시의 비극성도 비극성이지만 "눈에 넣어 키우던 외동딸 하나/ 어느 몹쓸 손에 잃은 사연"(첫 스탠자)처럼 적나라한 사실성(리얼리티)의 암시暗示(생략하고 있는 사연) 제시와 같이 시인(조재완)의 숨겨진 책략 수법에 그 효력이 내장돼 있는 것이다. 이른바 의도적 오류이다. 텍스트 벽두에 대뜸 제시되는 비극적 아우라(외동딸을 몹쓸 손에 잃은 사연이 구체적 스토리로 과다 노출돼 있을 때 본지本旨, 즉 지폐 오만원의 비극적 사연은 미미한 아류로 스니크 아웃될 우려를 막기 위한 조처가 저 의도적 오류인 암시 수법이다)가 차디찬 지하도 바닥에 누운 노숙자의 비극성의 본질에 대한 시인의 극대화된 표현을 위한 조재

완 은유시 기법에 저 암시적 메타포어인 의도적 오류 수법
은 효과적으로 구현되고 있는 것이다. 시인(조재완)의 예
시에 형상화되고 있는 눈물겨우리만치 뜨거운 절통스러운
가족 파탄의 비극미는 독한 향기를 내뿜는 꽃의 마력魔力처
럼 역설적인 시의 은은한 향기에 취해진다. 이들 가족이 다
시 만나 단란한 가족애를 꽃피우는 환상적 비극미의 해소
다.

　　조재완 시의 은유시 미학은 이제 앞의 예시 〈지폐 오만
원〉에 이르러 한 놀라운 예술성의 터닝 포인트에 안착하는
시적 전환의 변전에 이르렀다. 은유적 언표言表(statement)
에서 크게 다르지 않은 예술 언어에로의 스테이트먼트 변
전이다. 다음 예시 〈달팽이집〉에서 그 정체正體를 본다.

　우리 동네 달팽이집
　검푸른 담쟁이로 온통 휘감긴
　어느 교과서에나 나옴직한
　서양 어딘가의 성채 같은 고풍스런
　2층 벽돌집

　성채에는 왠지
　어울리지 않는 조그마한
　철대문 하나 빼꼼히 열리면
　머리 허연 달팽이 하나 두리번대며
　세상 구경하다가

누가 말 건넬까 지레
쏘옥 철대문 안으로 들어가지요

번개 세상이 두려운 걸까요
담쟁이로 세상과 결별한 채로
자기만의 세계에 파묻히는 자유가
쏠쏠할까요
팔십은 넘었을 주름얼굴에
머리 허연 숫달팽이가 살고 있는
우리 동네 달팽이집

— 〈달팽이집〉 전문

　예시例詩 〈달팽이집〉에서 우리는 앞서 지적한 조재완 은
유시가 그 은유적 언표言表(statement)에서 예술 언어로 변
전하는 상황부터 검토해야 한다. 그것은 첫째 예시가 가지
고 있는 언표(스테이트먼트)의 불확실성에 있고, 끝으로
한 가지는 언표를 표상하는 이미지의 모호성 내지는 상징
이다. 직접하게 말해 예시는 '우리 동네 달팽이집'(2층 벽
돌집)에 사는 머리 허연 팔십 넘은 나이의 숫달팽이가 보여
주는 세상과의 소통 부재다. 그것은 쏠쏠한 자유(자기만의
폐쇄된)인가를 묻는 화자의 언표와 이미지의 모호성으로
한층 우리(독자) 눈에 우리와는 다른 세계인 폐쇄된 달팽
이 세계의 세계인상世界人像을 보여준다. 한 마디로 이 시가
우리에게 전언하고자 하는 언표는 우리와 격리된 달팽이

(노인)와 그 집이 존재(우리 집들과 공존하는)하고 있는 시대(노인 학대) 상황의 상징이다. 달팽이의 생물학적 존재 고립성과 그 폐쇄성은 그것이 추호도 인간에의 폐해가 발생하는 공격성의 유해로운 존재가 아니라 해도 현실의 인간 존재(노인)로 환원할 수 있는 상징 존재인 것만으로도 우리에겐 충격이 된다. 이 시의 언표대로(상징대로) 저 머리 허연 늙음의 달팽이집 폐쇄 공간 속 숫달팽이는 있어서는 안 될 우리 이웃이지만 우리 사회에 그 위험천만의 존재가 존재하고 있음이 우리의 공동운명이다 복지사회다 인류사회다 말하는 그 유토피아 사회의 '머리 허연 숫달팽이 집'을 우리가 주목하게 하는 조재완 은유시문학에 우리는 다시 한 번 깊이 눈을 감고 사고思考의 행위 전선에 나설 태세가 갖추어져야 하는 것이다. 시가 아름다운 꽃과 향기의 아우라 존재가 아닌 행위하는 무실역행의 추동물임을 다시 한 번 조재완 문학의 역동성에서 만끽해 보는 것이다.

　다음 이 척박하게나마 평설해 온 해설 글 피날레를 장식할 시 〈오! 자네 왔능가〉에 주목하는 것으로 시집《가을에 떠난 그대》의 뜻 깊은 상재를 위해 열정적인 뜨거운 한혈汗血에 조금도 인색치 않은 조재완 시인 앞에 무궁한 시업의 광영이 깃들기를 축원해마지 않는다.

　　얼마나 황망했능가 내 부음訃音에
　　소식 듣고 얼마나 멍했능가
　　서둘렀능가 날 배웅하려

서둘러 나섰능가
오면서는 더 먼 길 가버린
날 나무랐능가
그리 쉽게 가버릴 수 있냐고
오는 길 북하면에 우리 늘 가던
오!자네 왔능가에 들렀능가

반질한 맷돌들 현관에 깔고
오-크 술통은 안 벼락에 앉혀 두고
아름드리 통나무로 기둥 받치고
올망졸망 미투리는 한켠에 두어둔 고풍 나는 그
몸 늙으니 세월도 늙더라는 그
젊었던 아낙의 늙은 미소가 잔잔한
음악에 묻어나는 그곳에
솔향 매향 물씬한 차 한 잔 들고 왔능가

떠나기 바빠 못 다한 인생
결산 보아 줄 이 많아도
한 송이 국화 향 자네 손에 맡으려
훌쩍 황천 강
건너 못 가는 날 보러
오!자네 이제 왔능가

- 〈오! 자네 왔능가〉 전문

화자 자신의 부음訃音에 영결식장인 생전의 친구들과 자주 만나던 장소 '오! 자네 왔능가'에서 친구를 만나 영혼靈魂의 생전처럼 정다운 이야기(死別談)를 나누는 일테면 가상假想의 고별사告別辭다. 그것도 죽은 사람에 대하여 친척 또는 친구들이 하는 고별사가 아닌 사망한 자가 친구에게 말하는 고별사란 점에서 가상假想의 고별사로는 참으로 놀라운 상상력 소산이다. 시인(조재완)의 경천동지할 미학적 발상 소산으로 "오! 자네 이제 왔능가"와 같은 생전의 인연 깊은 공간 설정도 정겹고, 이와 같은 경우의 자아自我 이상화理想化(프로이트의 Ego-Ideal)란 얼마나 주체성이 강한 정신적 행위력(agency of the psyche)의 아름다운 모습인가를 드러내 보이는 시인 기질이라 하겠다. 아름답다 못해 가슴 철렁하게 솟구치는 시인(조재완)의 은유시 미학 기법의 주옥珠玉이라 하겠다.

가을에 떠난 그대

지은이 / 조재완
펴낸이 / 김정희
펴낸곳 / **지구문학**

110-122, 서울시 종로구 종로17길 12, 215호(뉴파고다 빌딩)
전화 / (02)764-9679
팩스 / (02)764-7082

등록 / 제1-A2301호(1998. 3. 19)

초판발행일 / 2016년 7월 20일

ⓒ 2016 조재완 Printed in KOREA

값 9,000원

E-mail/jigumunhak@hanmail.net

※잘못된 책은 바꿔드립니다.
※저자와의 협약으로 인지는 생략합니다.

ISBN 978-89-89240-47-1 03810